Spring mit mir ins Glück

von:

für:

**Bibliografische Information
der Deutschen Nationalbibliothek**
Die Deutsche Nationalbibliothek verzeichnet diese Publikation in der
Deutschen Nationalbibliografie; detaillierte bibliografische Daten sind im Internet
über http://d-nb.de abrufbar.

Bildnachweis:
S. 9, 33, 37: Corbis/Craig Tuttle; S. 11, 17, 19, 25, 27, 31: Corbis/Stuart Westmorland;
S. 15: Corbis/Stephen Fink; S. 13, 21, 23, 29, 35, 39: Juniors Bildarchiv

Originalausgabe
© 2008 vgs
verlegt durch EGMONT Verlagsgesellschaften mbH, Gertrudenstraße 30 — 36, 50667 Köln
Alle Rechte vorbehalten
Umschlagfoto: Corbis/Craig Tuttle
Umschlaggestaltung, Layout und Satz: Daniel Rech, Köln
Druck: Firmengruppe APPL, aprinta druck, Wemding

ISBN: 978-3-8025-3653-3

www.vgs.de

Spring mit mir ins Glück

Da ist es wieder, das Kribbeln im Bauch, das immer auftaucht, sobald du meinen Weg kreuzt. Doch hast du mich zunächst leider nicht bemerkt. Versteckt habe ich mich und angefangen rumzustottern, als wir uns zum ersten Mal in die Augen blickten.

Schmetterlinge im Bauch und weiche Knie konnten
mich jedoch nicht davon abhalten, dir mein schönstes
Lächeln zu schenken und zu hoffen, dass du dasselbe
für mich empfinden wirst.
Nun schlägt mein Herz schnell und heftig,
deshalb bitte ich dich:

Spring mit mir ins Glück

Schon bevor ich dich getroffen habe, habe ich von dir geträumt und gehofft, dass ich dir bald begegnen würde.

Jeder Moment kann der schönste sein.
Man muss nur wissen, mit wem man ihn teilen will.

Christoph Trefz

Dann bist du in mein Leben getreten und hast mir dein schönstes Lächeln geschenkt.

Glück verbreiten wir nur da, wo wir nicht an unser eigenes denken.

Karl Ferdinand Gutzkow

Wir haben uns stundenlang unterhalten und herzlich gelacht. Jetzt sind wir unzertrennlich …

Verliebtsein kann sich schon am kleinsten Muttermal entzünden.

Erhard Blanck

… und teilen alles, unsere Zeit, unsere Liebe, unser Glück.

Das Wertvollste im Leben gibt es völlig umsonst – das Glück.

Almut Adler

Gemeinsam genießen wir nun jeden Sonnenuntergang.

Verliebtsein vergoldet die Blätter an den Bäumen und verwandelt den Ruf der Unken in das Lied der Nachtigall.

Waltraud Puzicha

Es ist wunderbar, dass du immer an meiner Seite bist.

Verliebte sind immer ein bisschen verrückt.
Das Paradoxe ist, dass sie es wissen und nichts dagegen unternehmen wollen.

Volkmar Frank

Nur mit dir kann ich verrückte Dinge tun
und viel Spaß haben.

Alle Freude, alles Glück, das wir außen empfinden, ist eine Widerspiegelung unseres wahren inneren Selbst, die dann entsteht, wenn wir in einer Sache völlig aufgehen.

Kirpal Singh

Ich liebe dein herzliches Lachen
und deine Zärtlichkeiten.

Glück ist, wenn uns das Leben seine schönste Seite zeigt.

Ernst Ferstl

Mit dir fühle ich mich frei von allen Sorgen.

Jeden Schritt, den du mit Liebe gehst, bringt dich deinen Zielen zwei Schritte näher.

Annette Andersen

Mit dir möchte ich das Gefühl des Verliebtseins sowie unsere tiefe Verbundenheit in vollen Zügen genießen …

Betrachte jeden Augenblick wie eine schöne Blume, dann wird jeder Tag wie ein schöner Strauß.

Jochen Mariss

… und sind wir mal anderer Meinung,
dann freue ich mich auf eine wunderbare Versöhnung.

Die Bitterkeit eines ganzen Lebens kann durch die Süße
eines einzigen Augenblicks ausgelöscht werden.

Lisz Hirn

Dann lachen wir über unsere Eitelkeiten
und schmiegen uns sehnsuchtsvoll aneinander.

Lass uns den Augenblick genießen, dass wir nicht merken, wie die Zeit vergeht.

Friedrich Löchner

Denn du bist der Schlüssel zu meinem Glück
und machst mich stark, wenn ich schwach bin.

Ein kostbarer Augenblick ist wie ein schönes Lied.
Es verklingt und hat doch dein Herz berührt.

Shivani Isabel Prinke

Mein Herz schlägt schneller,
wenn du in meiner Nähe bist.

Das Tiefste und Heiligste des Herzens bleibt unausgesprochen
und wird doch von dem anderen liebenden Herzen verstanden.

Sophie Verena

Du bringst Sonne in mein Leben
und bist immer für mich da, …

Am Baum des Lebens wachsen viele Augenblicke. Jeder einzelne davon ist kostbar.

Jochen Mariss

… deshalb folge mir …

In Liebe und durch die Liebe leben,
das ist der tiefere Sinn jeden Daseins, der Inbegriff allen Lebens.

Gudrun Zydek

...und spring mit mir ins Glück!